AF363564

VENTE DU SAMEDI 7 DÉCEMBRE 1912

HOTEL DROUOT, SALLE N° 10

à trois heures

55 CROQUIS ORIGINAUX

En Noir et en Couleurs

EN MARGE D'ESTAMPES

PAR

A. WILLETTE

Ach'tez vite !.... il peut trépasser !

N° 56 du Catalogue

<table>
<tr><td>COMMISSAIRE-PRISEUR</td><td>EXPERT</td></tr>
<tr><td>Me ANDRÉ DESVOUGES
Successeur de M. Maurice DELESTRE</td><td>M. LUCIEN MOLINE
PARIS</td></tr>
</table>

IMPRIMERIE DE L'ART

CATALOGUE

DE

55 CROQUIS ORIGINAUX

EN NOIR ET EN COULEURS

EN MARGE D'ESTAMPES

PAR

A. WILLETTE

DONT LA VENTE AURA LIEU

HOTEL DROUOT, SALLE N° 10

LE SAMEDI 7 DÉCEMBRE 1912

A TROIS HEURES

COMMISSAIRE-PRISEUR	EXPERT
Mᵉ André DESVOUGES	**M. Lucien MOLINE**
Successeur de M. Maurice DELESTRE	18, rue Laffitte
26, rue de la Grange-Batelière	PARIS

EXPOSITION PUBLIQUE

Le Vendredi 6 Décembre 1912, de 1 h. 1/2 à 6 heures

CONDITIONS DE LA VENTE

Elle sera faite au comptant.

Les adjudicataires paieront *dix pour cent* en sus des enchères.

L'exposition mettant le public à même de se rendre compte de l'état et de la nature des objets, aucune réclamation ne sera admise une fois l'adjudication prononcée.

Paris. — Imp. de l'Art, CH. BERGER, 41, rue de la Victoire.

PRÉFACE

As-tu passé la cinquantaine,
Considères un seul jour comme une aubaine.
Raoul PONCHON.

Par Saturne ! je l'ai bien passée... tireli relo la cinquantaine et combien !... de cinq berges, les plus belles de ma vie, celles que porte, si allègrement, ma fille Maria qui gambade et gazouille dans mon atelier! Mille quatre-vingts jours !... pour une aubaine, ça c'est une aubaine et je bois, mon cher Raoul Ponchon, à notre centenaire qui nous permettrait de voir le triomphe de l'Art français.

Enfin vous voici, mes chers camarades du « Chat noir »... du premier, du méconnu, de celui qui était situé 84, boulevard Rochechouart! Tournez-vous, de grâce, vers le passé et considérons ensemble le chemin que nous avons parcouru en chantant : beaucoup des nôtres sont tombés épuisés mais tous avec le sourire et tenant encore, dans la main, une petite fleur. Cette fleur n'est pas morte avec eux, elle vit toujours... C'est la fleur du souvenir qui embaume nos cœurs et les empêche de vieillir !

Ce cabaret du « Chat noir », fondé, en 1882, par un rapin avisé, n'était pas un repaire de bohêmes aigris et il n'était pas encore le music-hall qu'il devait devenir rue Victor-Massé.

Dans cet inconcevable petit cabaret où fraternisaient les poètes et les artistes, on ne jouait à aucun e u, on chantait, en chœur, des vieilles chansons de France, on y disait de beaux vers et on y composait, avec un goût exquis, un journal *Le Chat noir*, organe de notre insouciante et luxueuse jeunesse.

Que dans sa collection devenue précieuse, les jeunes d'aujourd'hui recherchent s'il y a trace de théories artisticogéométriastico.

Chez nous, nul orgueilleux mépris de l'argent et des honneurs, on n'y pensait pas, voilà tout. Et comme aucun de nous ne le faisait au travailleur acharné, bien qu'étudiant et produisant. nous passions pour paresseux, pour des êtres pas sérieux.

En ce temps-là, on nous détestait ferme dans le bas de Paris, tout en bas ! Avec le fameux : « ça... c'est encore du Montmartre ! » on nous rejetait, à la chaudière, comme avec une fourche ! Et puis on était aussi bien refusé au Salon qu'à la *Vie Moderne* de M. Emile Bergerat. Ah ! je vous f... mon billet que Galiffet, l'idole du Boulevard, aurait vendu son âme à Dieu, pour avoir le plaisir de nous fusiller !

Hep !... là bas !... mon vieux François, viens par ici ! Toi qui as été le premier et l'unique garçon du « Chat noir » n° 1, dis donc à ces messieurs qu'au cabaret de feu Rodolphe Salis, je ne dessinais pas sur les tables pour un bock, que je payais (hélas ! mes consommations avec pourboire et que, comme, à tort, l'a écrit M. Adolphe Brisson, je n'y prenais pas mes repas. D'abord, au « Chat noir » n° 1, il n'y avait pas de cuisine, ni de dames non plus ! Ce n'était pas que la femme eut à craindre notre fréquentation. bien au contraire ! mais c'était l'époque

horrible de l'encombrante et ridicule tournure : Or...
(ici qu'on me pardonne la nécessité d'un détail assez
répugnant) l'unique cabinet du cabaret était trop
étroit et aussi infect que la bière que nous débitait
son infernal patron.

Ah ! il a fallu rudement travailler et en avoir une
santé pour que M. Maurice Donnay puisse, un jour,
à l'Académie, porter le 'costume des garçons du
« Chat noir » n° 2, celui de la rue Victor-Massé,
doré, orné de glaces et enfin reconnu d'utilité pari-
sienne !... pas vrai, les chers poteaux Rey, Edmond
Deschaumes, Clément Privé, Emile Goudeau, Jules
Jouy, Fernand Icres, Paul Marot, de Sta, Tiret-Bo-
gnet, Henri Rivière, Signac, Raymond d'Abzac,
Henri Somm, Henri Pille, Grasset, La Gandara,
Steinlen, G. Auriol, Maurice Rollinat, Marie Kry-
sinska, Colibri, Masson, Pothey, Paul Roinard,
Quinsac, Félix Décori, Haraucourt, Jean Moreas,
Léon Bloy, Villiers de l'Isle-Adam, Robert Caze,
Catelin, Papus, Alphonse Allais, Charles Leroy,
Franckel, Léon Delarue, d'Esparbès, Camille de
Sainte-Croix, Jean Rameau, Guillaume Livet, Tol-
becque, Paul Viardot, Fragerolles, Marcel Legay,
Charles de Sivry, Tanzi, Gaston Sénéchal.... enfin
vous tous en tant que vous êtes ou étiez sortis,
tout armés, du cerveau de Rodolphe Salis, dit
« l'Ane rouge »?.... Quel cerveau !... Quel cœur !...

Et c'est vous les belles dames à perles et les beaux
messieurs de la Bourse... ou la vie qui, après être
allés vous faire éventer par le Pétomane mondain,
nous traitiez de soulauds et de ratés !

Non, faux « Tout-Paris », nous n'avons ni gal-
vaudé nos talents, ni perdu notre temps à chercher
à vous plaire ou à vous épater. Et comme vous
voyez notre succès prochain que nous ne vous de-
vrons pas, dans la crainte de vous tromper, encore
une fois, vous applaudissez les divagations des mis-
trels barbouilleurs !

Ah ! c'est que, depuis vingt ans, votre intellect
n'a guère fait de progrès, bien que vous meniez la
vie en 4ᵉ vitesse !

Vous êtes devenus de vertigineux ronds de cuir
et « la Vérité qui est en marche » ne pourra jamais
vous rattraper !... la Vérité courant après vous !...
voyez l'tableau !... à moi, à moi, Bérenger !... Bien
sûr, nous ne l'avons pas trouvée, nous qui la cher-
chons, mais nous nous doutons, depuis longtemps,
que l'Art est la lueur possible des rayons que pro-
jette son miroir lointain... l'étape terminée peut-être
verrons nous celle ou plutôt Celui qui le tient ?

En attendant, au *Chat noir*, comme au *Courrier
Français*, nous avons possédé la Liberté que nous
avons, de nos deniers, payée à Salis et à Jules Ro-
ques !... Hein ! que dites-vous de cela, ô nos froids
et déjà si pratiques conscrits ?

Vous pouvez juger si cet amour de la Liberté,
déesse aussi terrible que Kali, la divinité hindoue,
nous a attiré un tas d'inimitiés suivies de persécu-
tions même judiciaires !

Ajoutez que l'engouement étant alors pour la litté-
rature étrangère... Ibsen, ipsa, ipsud, nous étions
sûrs de mettre, à côté du mille, en cultivant notre

esprit si français... French... Francsöze exprimant, en Anglais, en Allemand, la dégoûtation des dégoûtations.

Il me souvient que ce pur Parisien qu'était Aurélien Scholl me conseilla, lorsqu'apparut mon premier Pierrot noir, de profiter du double you de mon nom pour en supprimer l'*e* final : « Cela vous donnerait un air américain », me dit-il, avec un air diaboliquement prophétique. Le conseil était bon pour un débutant, je l'ai compris trop tard, heureusement.

Votre main, critique bienveillant, et de tout cœur, merci pour m'avoir depuis si longtemps assisté, soigné, encouragé sur le ring... alors que j'étais comme un boxeur épuisé ! mais, vieux frère, j'vais te dire eune bonne chose... je ne suis le neveu ni de Watteau, ni de Fragonard... mon oncle était hussard.

Bonsoir, docteur !... je somnolais... figure-toi que, comme Paul Arène, j'ai rêvé ma vie ! Non, je n'ai pas oublié, qu'à cause du cœur, tu m'as fait renoncer à l'usage des sept péchés capitaux et défendu toute espèce d'émotion, surtout celle causée par la joie !... Rassure-toi, je n'ai pas la fièvre du succès : le succès serait encore trop subit pour être justifié... je me contente de ma réhabilitation et me réjouis de pressentir l'inévitable réaction en faveur des artistes de notre génération. Et puis donne-moi de quoi dormir, car nous avons, au temps jadis, bien trop veillé !...

Qui va là?... ah! c'est toi, mon bon curé!... assis-toi-là, près de moi . . . .

. . . .

Alors... au Paradis?... tu crois... que je pourrai dessiner éternellement?

A. Willette.

Les Epinettes, novembre 1912.

DÉSIGNATION

Nº 55 du Catalogue

Dessin original reproduit sur la couverture de ce Catalogue.